In Extenso

Textes
Herpé

Dessins et Couleurs
Smilton

LES ROUSSES

Collection In Extenso

•

Les Amoureux
Les Bimbos
Les Brunes
Les Chauves
Les Cons 1
Demain, j'arrête !
Les Écolos 1
Les Mecs
Les Nanas
Les Rousses
La Zen Attitude

www.editionsclairdelune.com
Stylique : Pierre LEONI
Dépôt légal : novembre 2008 · ISBN : 978-2-35325-070-7
Première Édition
Imprimé en France par Caractère / Reliure SIRC

C'est grave, docteur ?

ET VOUS DITES QUE ÇA VOUS A PRIS SOUDAINEMENT EN VOUS LEVANT CE MATIN ?
JE VOUS ASSURE DOCTEUR, C'EST TRÈS DOULOUREUX !
TÂCHEZ DE VOUS SOUVENIR DES CIRCONSTANCES...
VOUS AVEZ JOUÉ AU TENNIS ? OU FAIT UN EFFORT VIOLENT ?
JE CROIS QUE J'AI TROUVÉ ! VOUS AVEZ RENCONTRÉ UNE ROUSSE RÉCEMMENT, NON ?
OUI, MAIS COMMENT SAVEZ-VOUS ÇA DOCTEUR ?
PROPRIETE PRIVEE
QUESTION D'INTUITION...
HERPÉ/SMILTON

La rousse elle a frappé !

PLUS RIEN À FAIRE ! ELLE A REGARDÉ ZIDANE À LA COUPE DU MONDE ET ÇA LUI A DONNÉ UNE IDÉE QUAND L'ORDINATEUR LUI A DIT : « ERREUR FATALE » !
HERPÉ/SMILTON

Éprouvant

SALUT ROGER ! MOI ÇA A ÉTÉ GÉNIAL ET TOI, COMM...
SUPER !
HERPÉ/SMILTON

Statistiques

INCROYABLE, ABSOLUMENT INCROYABLE...
ALLEZ, J'ESSAIE !
1... 2... 3... 4... 5...
6... 7... 8... ATTENTION JE SENS QUE ÇA APPROCHE...
9... ET 10 !
ET LES POUBELLES, TU CROIS QUE C'EST EN RESTANT ASSIS DANS TON FAUTEUIL QU'ELLES VONT SORTIR TOUTES SEULES ?
INCROYABLE, LES STATISTIQUES AVAIENT RAISON ! EN MOYENNE, UNE ROUSSE SE FÂCHE TOUTES LES 10 SECONDES !
HERPÉ / SMILTON

Une question de couleurs

COUCOU, CHÉRI, JE SUIS RENTRÉE !
MAIS, CHÉRIE, TES CHEVEUX ?!
ÇA TE PLAÎT ? J'AI DÉCIDÉ DE TE FAIRE UNE SURPRISE ET DE CHANGER DE COULEUR !
MMMMH... ET QU'EST-CE QUE TU AS ACHETÉ D'AUTRE ?
DES TAS DE CHOSES UTILES, TU VAS VOIR !
OH, ZUT, JE ME SUIS TROMPÉE ! J'AI ACHETÉ DES TASSES AVEC LA ANSE À GAUCHE ET TOUT LE MONDE EST DROITIER DANS LA FAMILLE !
JE CROIS QUE JE TE PRÉFÉRAIS EN ROUSSE... SNIF...
HERPÉ/SMILTON

Au temps des colonies

ALORS, GRAND CHEF, QU'EST-CE QUE TU VOULAIS ME MONTRER AU BORD DE CETTE RIVIÈRE ?
MOI VOULOIR TE MONTRER QUE NOIRS AUSSI POUVOIR FAIRE GRANDES DÉCOUVERTES !
DÉTACHEZ-MOI TOUT DE SUITE BANDE D'ABRUTIS !
GRAND SORCIER AVOIR TROUVÉ MOYEN DE NE PLUS SACRIFIER GAZELLES POUR PASSER FLEUVE AUX PIRANHAS !
QUOI ?! VOUS ALLEZ JETER CETTE BELLE DEMOISELLE DANS LE FLEUVE ? VOUS ÊTES FOU ! C'EST DU GÂCHIS ET JE M'Y OPPOSE FORMELLEMENT, HIC !
TOI TE CALMER ET TOI REGARDER ! ALLEZ, VOUS AUTRES !
TU VOIS, EUX RECONNAÎTRE ENNEMIS PLUS FÉROCES QU'EUX-MÊMES !
HERPÉ/SMILTON

Connaissance éclair

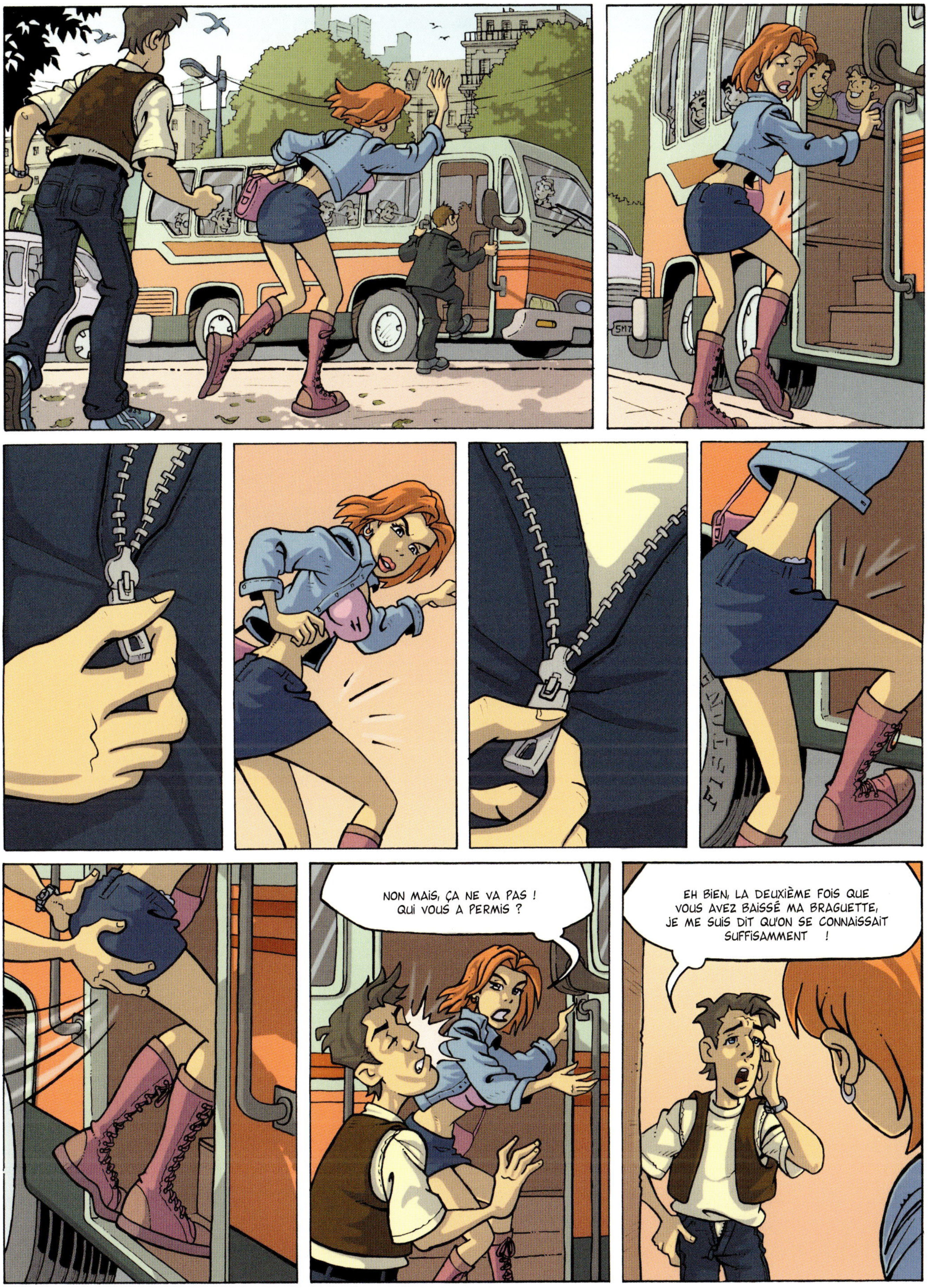
NON MAIS, ÇA NE VA PAS ! QUI VOUS A PERMIS ?
EH BIEN, LA DEUXIÈME FOIS QUE VOUS AVEZ BAISSÉ MA BRAGUETTE, JE ME SUIS DIT QU'ON SE CONNAISSAIT SUFFISAMMENT !

Mauvaise tête

LA PLUS GRANDE RÉALISATION DE MA CARRIÈRE !
CLANK
ZZZZSSSRIC
MON CHEF D'ŒUVRE, MA BEAUTÉ !
TU TRAVAILLES ENCORE À CETTE HEURE-CI ?!
SNIF... J'AURAIS PAS DÛ UTILISER UNE TÊTE DE ROUSSE...
HERPÉ/SHILTON

Inspiration

SALUT ! J'AI VU QUE TU AVAIS SORTI UN ALBUM SUR LES ROUSSES ?! J'AI ADORÉ !
MERCI, C'EST SYMP...
QU'EST-CE QUE J'APPRENDS ?! TU AS ÉCRIT UNE BD SUR LES ROUSSES ?
¡PLOM!
JE TROUVE ÇA RÉPUGNANT ET CARICATURAL !
JE ME DEMANDE OÙ TU VAS CHERCHER DES IDÉES PAREILLES ?!
¡¡BLAAM!!
EN EFFET, JE ME LE DEMANDE...

Comme une fusée !

LAISSEZ-MOI PASSER, C'EST MON CHÉRI !
¡CLONG!!
¡BRDABOOM!
BERTRAND FOUILLU, DÉTECTIVE PRIVÉ.
JE VOUS RASSURE, MADAME, VOTRE MARI EST RESTÉ FIDÈLE !
HERPÉ/SMILTON

Flatteuse

DITES-MOI FERDINAND, CETTE FEMME ME PLAÎT BEAUCOUP !
EH BIEN SI J'ÉTAIS VOUS, JE ME MÉFIERAIS, ELLE N'A PAS UN CARACTÈRE FACILE !
TANT PIS, JE TENTE LE COUP !
MADAME, PUIS-JE ME PERMETTRE DE VOUS OFFRIR À BOIRE ?
MONSIEUR LE MINISTRE, SI VOUS ÊTES CAPABLE DE RELEVER MA JUPE AUSSI HAUT QUE LE NIVEAU DES IMPÔTS...
... DE BAISSER MA CULOTTE AUSSI BAS QUE LE NIVEAU DE L'EMPLOI...
... D'ÊTRE AUSSI DUR AVEC MOI QUE VOUS ÊTES TENDRE AVEC LES CRIMINELS...
... ET DE ME BAISER AUSSI BIEN QUE VOUS L'AVEZ FAIT À VOS ÉLECTEURS...
... ALORS LÀ JE VOUS LE PROMETS, VOUS SEREZ DANS MON LIT AVANT LA FIN DE LA SOIRÉE !
ALORS, MONSIEUR LE MINISTRE, ÇA A MARCHÉ ?
ELLE M'A FLATTÉ... SI ON VEUT...

Harcèlement

ET DONC ICI, LE CAHIER DES CHARGES PRÉSENTE UNE FAIBLESSE...
MMMH... JE VOIS...
OH, QUELLE CHALEUR CET APRÈS-MIDI !
EUH... JE VOIS...
EXCUSE-MOI, JE SAIS QUE ÇA NE SE FAIT PAS, MAIS J'AI TELLEMENT CHAUD...
GLOUP... JE VOIS...
ET CETTE CLIM' QUI N'EST TOUJOURS PAS RÉPARÉE !
GABRIELLE, JE...
OUI ?
AAAAH ! MAIS ROBERT, QUE FAITES-VOUS, VOUS ÊTES FOU ?!
EN BREF, ROBERT, ELLE VOUS ACCUSE DE HARCÈLEMENT SEXUEL...
JE VOIS... SNIF...
HERPÉ/SMILTON

Arsenic et dent contre elle

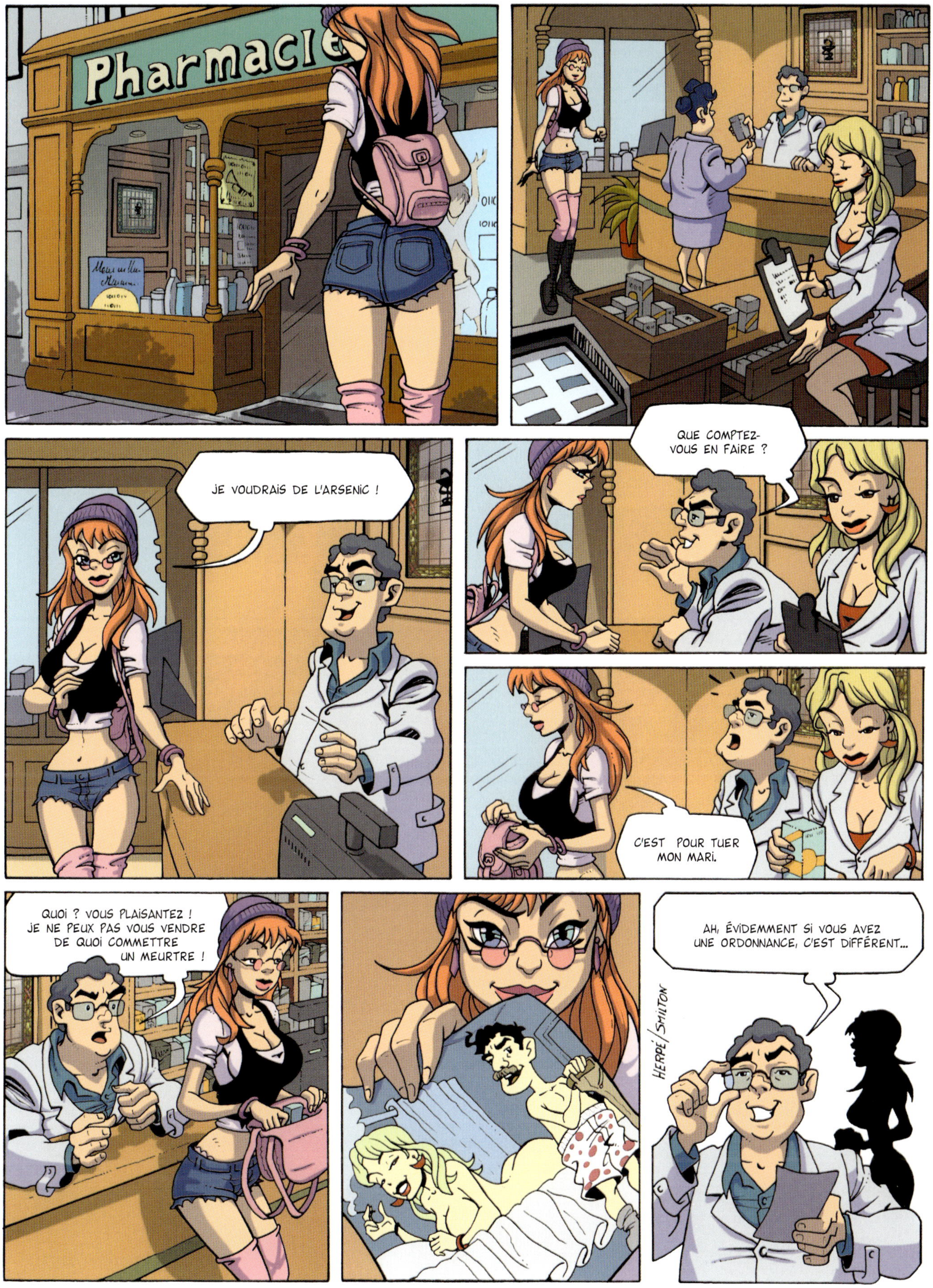
Pharmaci
JE VOUDRAIS DE L'ARSENIC !
QUE COMPTEZ-VOUS EN FAIRE ?
C'EST POUR TUER MON MARI.
QUOI ? VOUS PLAISANTEZ ! JE NE PEUX PAS VOUS VENDRE DE QUOI COMMETTRE UN MEURTRE !
HERPÉ/SMILTON
AH, ÉVIDEMMENT SI VOUS AVEZ UNE ORDONNANCE, C'EST DIFFÉRENT...

Compte toujours !

3, 3, 3...
QU'EST-CE QUE TU FAIS ?
JE SAUTE ET JE COMPTE, VEUX-TU VENIR AVEC MOI ?
OH OUI !
3, 3, 3...
3, 3, 3...
4, 4, 4...
HERPÉ/SMILTON

Dernière volonté !

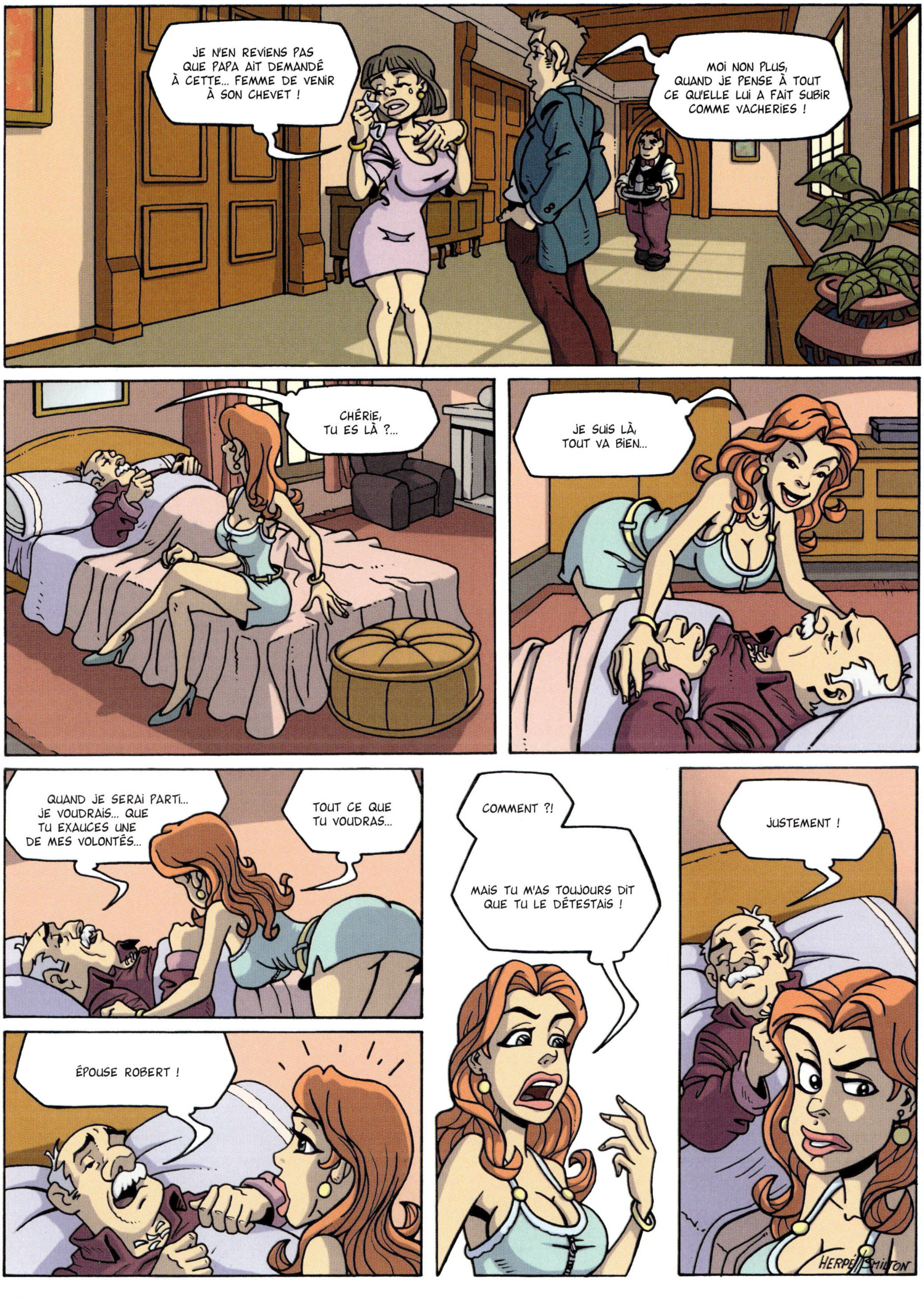
JE N'EN REVIENS PAS QUE PAPA AIT DEMANDÉ À CETTE... FEMME DE VENIR À SON CHEVET !
MOI NON PLUS, QUAND JE PENSE À TOUT CE QU'ELLE LUI A FAIT SUBIR COMME VACHERIES !
CHÉRIE, TU ES LÀ ?...
JE SUIS LÀ, TOUT VA BIEN...
QUAND JE SERAI PARTI... JE VOUDRAIS... QUE TU EXAUCES UNE DE MES VOLONTÉS...
TOUT CE QUE TU VOUDRAS...
ÉPOUSE ROBERT !
COMMENT ?!
MAIS TU M'AS TOUJOURS DIT QUE TU LE DÉTESTAIS !
JUSTEMENT !
HERPÉ / SMILTON

L'amitié ?

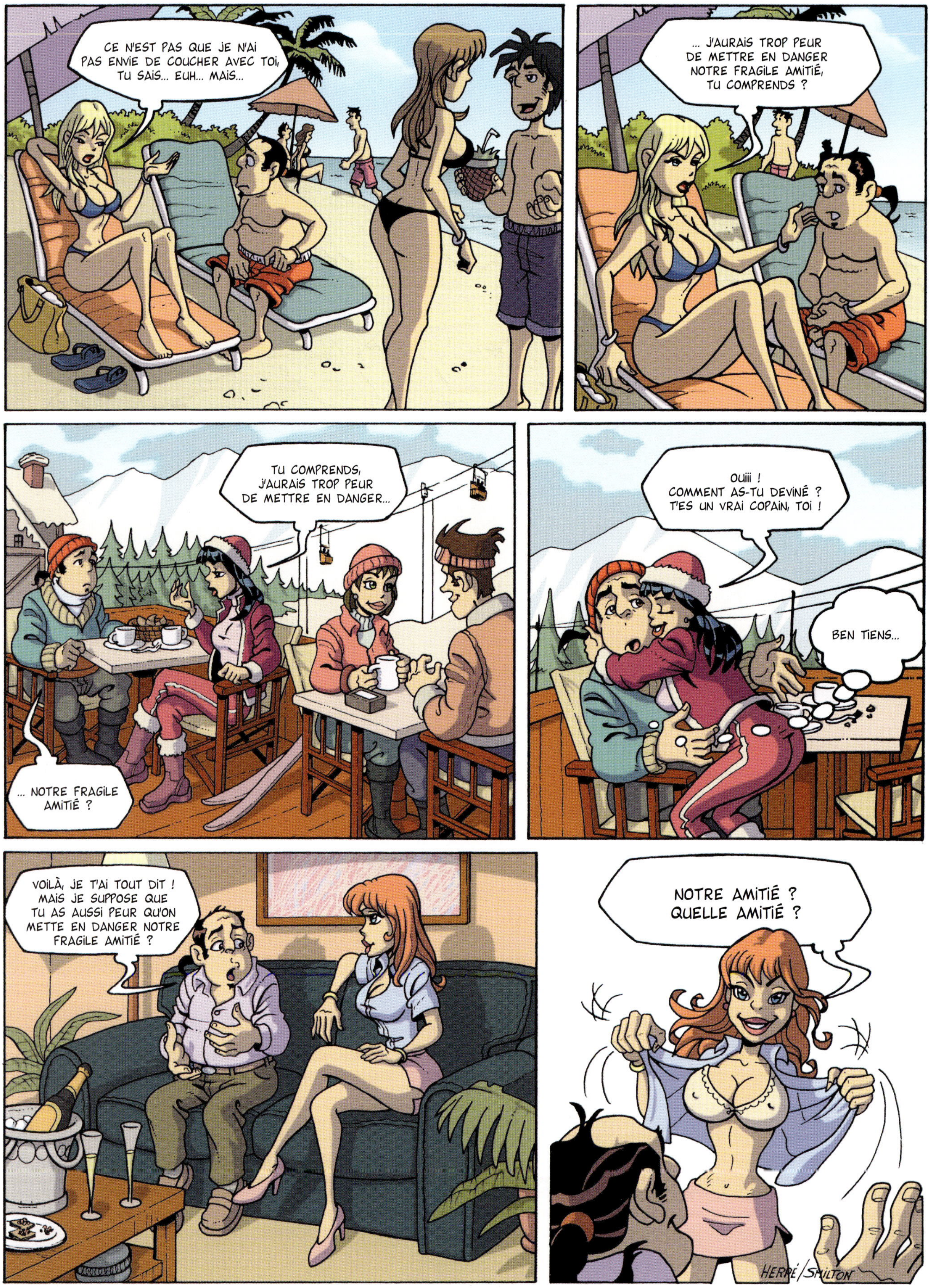
CE N'EST PAS QUE JE N'AI PAS ENVIE DE COUCHER AVEC TOI, TU SAIS... EUH... MAIS...
... J'AURAIS TROP PEUR DE METTRE EN DANGER NOTRE FRAGILE AMITIÉ, TU COMPRENDS ?
TU COMPRENDS, J'AURAIS TROP PEUR DE METTRE EN DANGER...
... NOTRE FRAGILE AMITIÉ ?
OUIII ! COMMENT AS-TU DEVINÉ ? T'ES UN VRAI COPAIN, TOI !
BEN TIENS...
VOILÀ, JE T'AI TOUT DIT ! MAIS JE SUPPOSE QUE TU AS AUSSI PEUR QU'ON METTE EN DANGER NOTRE FRAGILE AMITIÉ ?
NOTRE AMITIÉ ? QUELLE AMITIÉ ?
HERRÉ/SMILTON

La vengeance d'une rousse

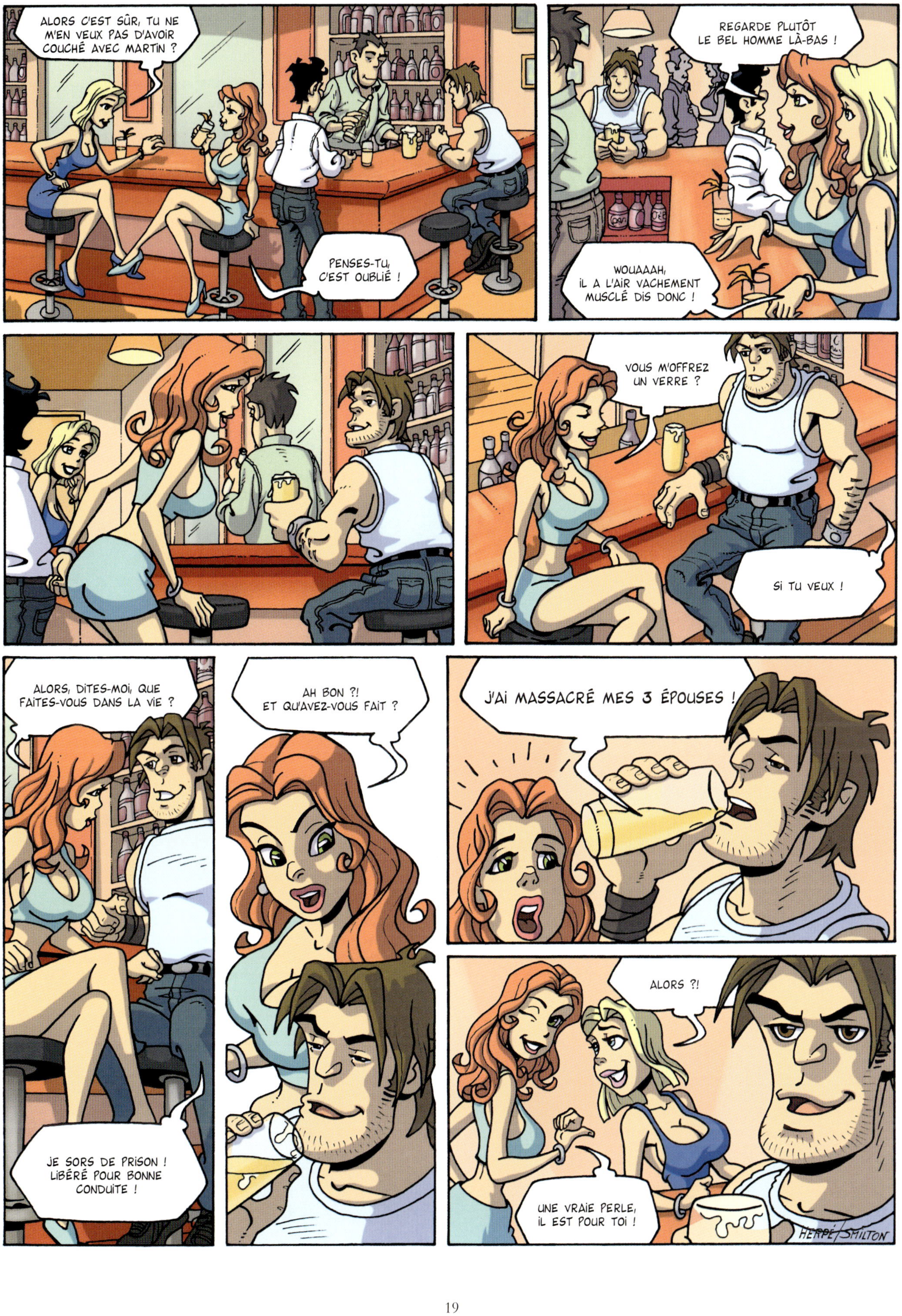
ALORS C'EST SÛR, TU NE M'EN VEUX PAS D'AVOIR COUCHÉ AVEC MARTIN ?
PENSES-TU, C'EST OUBLIÉ !
REGARDE PLUTÔT LE BEL HOMME LÀ-BAS !
WOUAAAH, IL A L'AIR VACHEMENT MUSCLÉ DIS DONC !
VOUS M'OFFREZ UN VERRE ?
SI TU VEUX !
ALORS, DITES-MOI, QUE FAITES-VOUS DANS LA VIE ?
JE SORS DE PRISON ! LIBÉRÉ POUR BONNE CONDUITE !
AH BON ?! ET QU'AVEZ-VOUS FAIT ?
J'AI MASSACRÉ MES 3 ÉPOUSES !
ALORS ?!
UNE VRAIE PERLE, IL EST POUR TOI !
HERPÉ/SMILTON

Le devin, la devine

BAR
151
TOI, TU ES UNE INFIRMIÈRE, C'EST ÇA ?
C'EST VRAI. COMMENT SAIS-TU ÇA ?
J'AI REMARQUÉ QUE TU T'ES LAVÉ LES MAINS AVANT ET APRÈS L'ACTE.
DANS CE CAS, TU DOIS ÊTRE ANESTHÉSISTE, N'EST-CE PAS ?
BRAVO ! COMMENT AS-TU DEVINÉ ?
JE N'AI RIEN SENTI !
HERPÉ/SMILTON

Psycho-sex

MADEMOISELLE, JE VAIS VOUS MONTRER UNE SÉRIE D'IMAGES ET VOUS ALLEZ ME DIRE CE QUE VOUS VOYEZ..
SI VOUS VOULEZ..
ALORS, QU'EST-CE QUE ÇA ÉVOQUE POUR VOUS ?
UN COUPLE EN TRAIN DE FAIRE L'AMOUR !
DEUX FEMMES NUES QUI S'EMBRASSENT !
UN HOMME TOUT NU SOUS LA DOUCHE !
MADEMOISELLE, VOTRE PROBLÈME EST SIMPLE ! VOUS ÊTES TOUT SIMPLEMENT UNE OBSÉDÉE SEXUELLE !
MOI ?! MAIS C'EST VOUS QUI M'OBLIGEZ À REGARDER TOUTES CES PHOTOS COCHONNES !
HERPÉ/SMILTON

Rousse attitude

MARIE-ANTOINETTE EST L'AVANT-DERNIER ENFANT DE L'EMPEREUR FRANÇOIS 1ER DE LORRAINE ET DE L'IMPÉRATRICE D'AUTRICHE MARIE-THÉRÈSE, AU MILIEU DE LEURS CINQ FILS...
... ET DE LEUR HUIT FILLES, ELLE NAÎT LE 2 NOVEMBRE 1755, AU PALAIS DE LA HOFBURG, À VIENNE AU LENDEMAIN...
... DU TREMBLEMENT DE TERRE DE LISBONNE DONT LE PAYS EST GOUVERNÉ PAR SON PARRAIN... BLA... BLA... BLA...
BLA BLA BLA BLA
... SA MÈRE MARIE-THÉRÈSE, COMME TOUS LES SOUVERAINS DE L'ÉPOQUE, MET LE MARIAGE DE SES ENFANTS AU SERVICE DE SA POLITIQUE...
QUI EST DE RÉCONCILIER LES HABSBOURG ET LES BOURBON POUR FAIRE FACE AUX AMBITIONS DE LA PRUSSE ET DE L'ANGLETERRE.
AINSI, PARMI LES SŒURS AÎNÉES DE MARIE-ANTOINETTE, SI MARIE-CHRISTINE, L'ENFANT PRÉFÉRÉE DE L'IMPÉRATRICE (1742-1798)... BLA... BLA... BLA...
BLA BLA BLA
... MAIS DES RUMEURS D'ORGIES ET DE RITES SATANIQUES ARRIVENT JUSQU'AUX OREILLES DE LOUIS XVI.
MARIE-ANTOINETTE SERAIT SUSPECTÉE D'AVOIR DES PRATIQUES SEXUELLES AUDACIEUSES ET FERAIT DES RENCONTRES COQUINES...
LA NUIT DANS DES BARS LOUCHES... CERTAINS LUI PRÊTENT MÊME UN APPÉTIT SEXUEL DÉVORANT...
... TOUTEFOIS CES RUMEURS NE SONT QUE DES CALOMNIES INSTAURÉES PAR VIENNE QUI TENTE DE LA MANIPULER PAR LE BIAIS DE LA VOLUMINEUSE CORRESPONDANCE QU'ENTRETIENT SA MÈRE...
... AVEC LE COMTE DE MERCY-ARGENTEAU, AMBASSADEUR D'AUTRICHE À PARIS. CE DERNIER EST LE SEUL SUR LEQUEL ELLE PEUT COMPTER, CAR LE DUC...
DE CHOISEUL, CELUI QUI AVAIT PERMIS LE RAPPROCHEMENT DE LA FRANCE AVEC L'AUTRICHE BLA... BLA... BLA...
BLA BLA BLA BLA

Oui patronne !

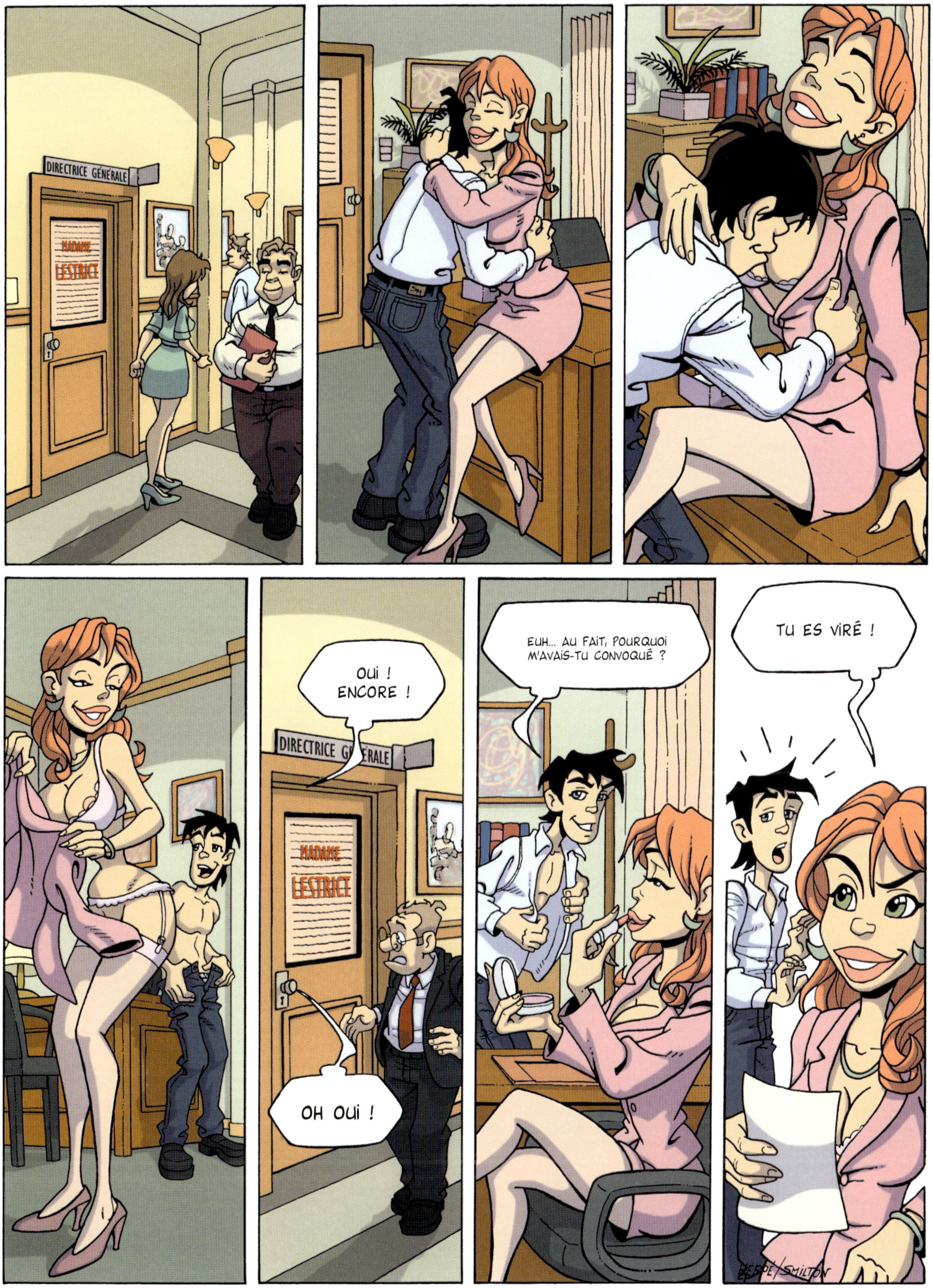
DIRECTRICE GÉNÉRALE
MADAME LESTRICT
Oui ! ENCORE !
DIRECTRICE GÉNÉRALE
MADAME LESTRICT
OH Oui !
EUH... AU FAIT, POURQUOI M'AVAIS-TU CONVOQUÉ ?
TU ES VIRÉ !

Tu m'en veux encore ?

EUH... CHÉRIE... ?
JE SAIS QUE C'ÉTAIT TA MEILLEURE AMIE... MAIS EUH...
C'EST VRAI QU'ON ACCROCHAIT PAS MAL ELLE ET MOI...
MAIS JE T'AIME TOUJOURS TU SAIS...
... ET PUIS ELLE M'A JUSTE EMBRASSÉ SUR LA JOUE !
TU M'EN VEUX TOUJOURS ?

Une pure légende

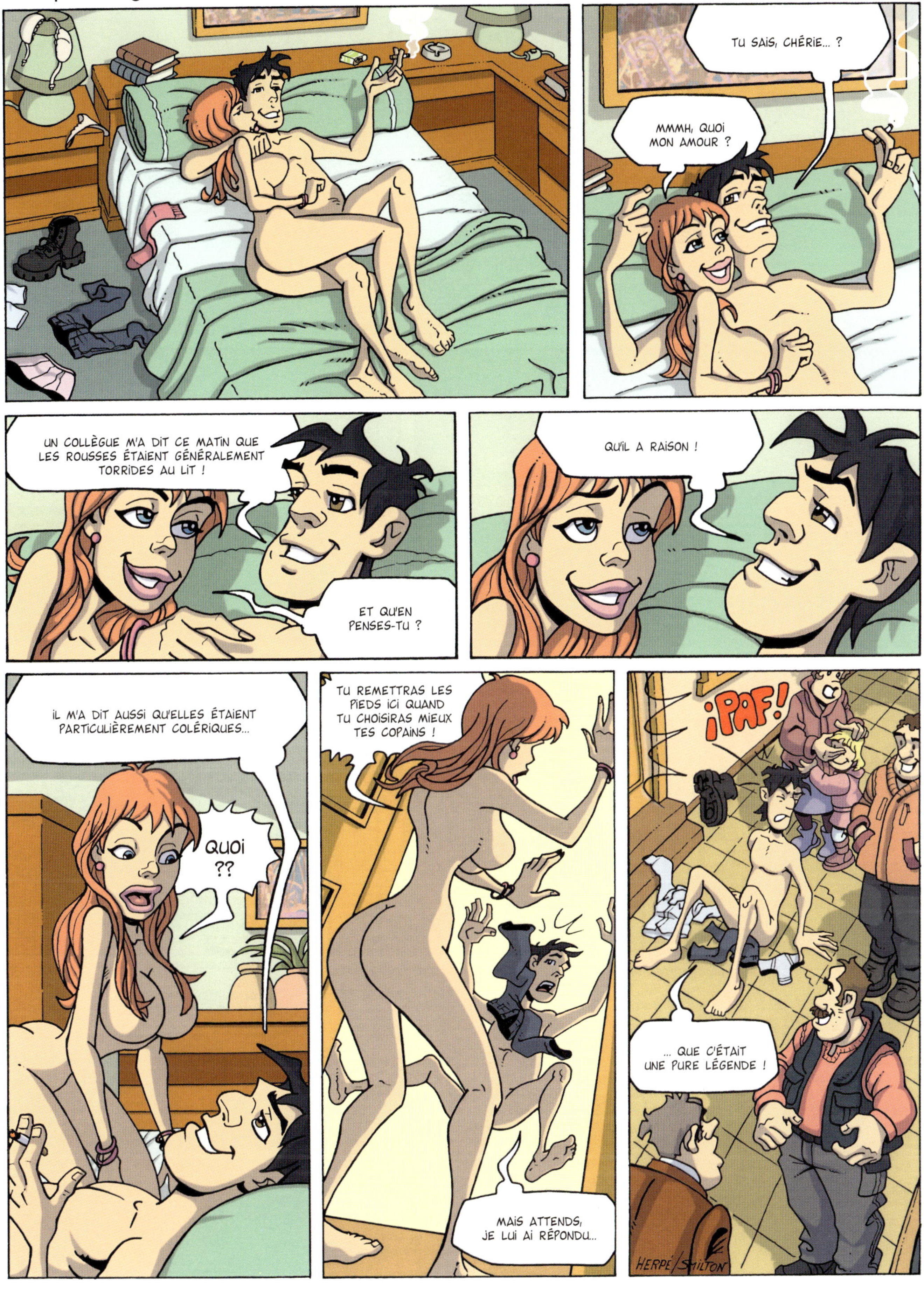
TU SAIS, CHÉRIE... ?
MMMH, QUOI MON AMOUR ?
UN COLLÈGUE M'A DIT CE MATIN QUE LES ROUSSES ÉTAIENT GÉNÉRALEMENT TORRIDES AU LIT !
ET QU'EN PENSES-TU ?
QU'IL A RAISON !
IL M'A DIT AUSSI QU'ELLES ÉTAIENT PARTICULIÈREMENT COLÉRIQUES...
QUOI ??
TU REMETTRAS LES PIEDS ICI QUAND TU CHOISIRAS MIEUX TES COPAINS !
MAIS ATTENDS, JE LUI AI RÉPONDU...
¡PAF!
... QUE C'ÉTAIT UNE PURE LÉGENDE !
HERPÉ/SMILTON

Train-train

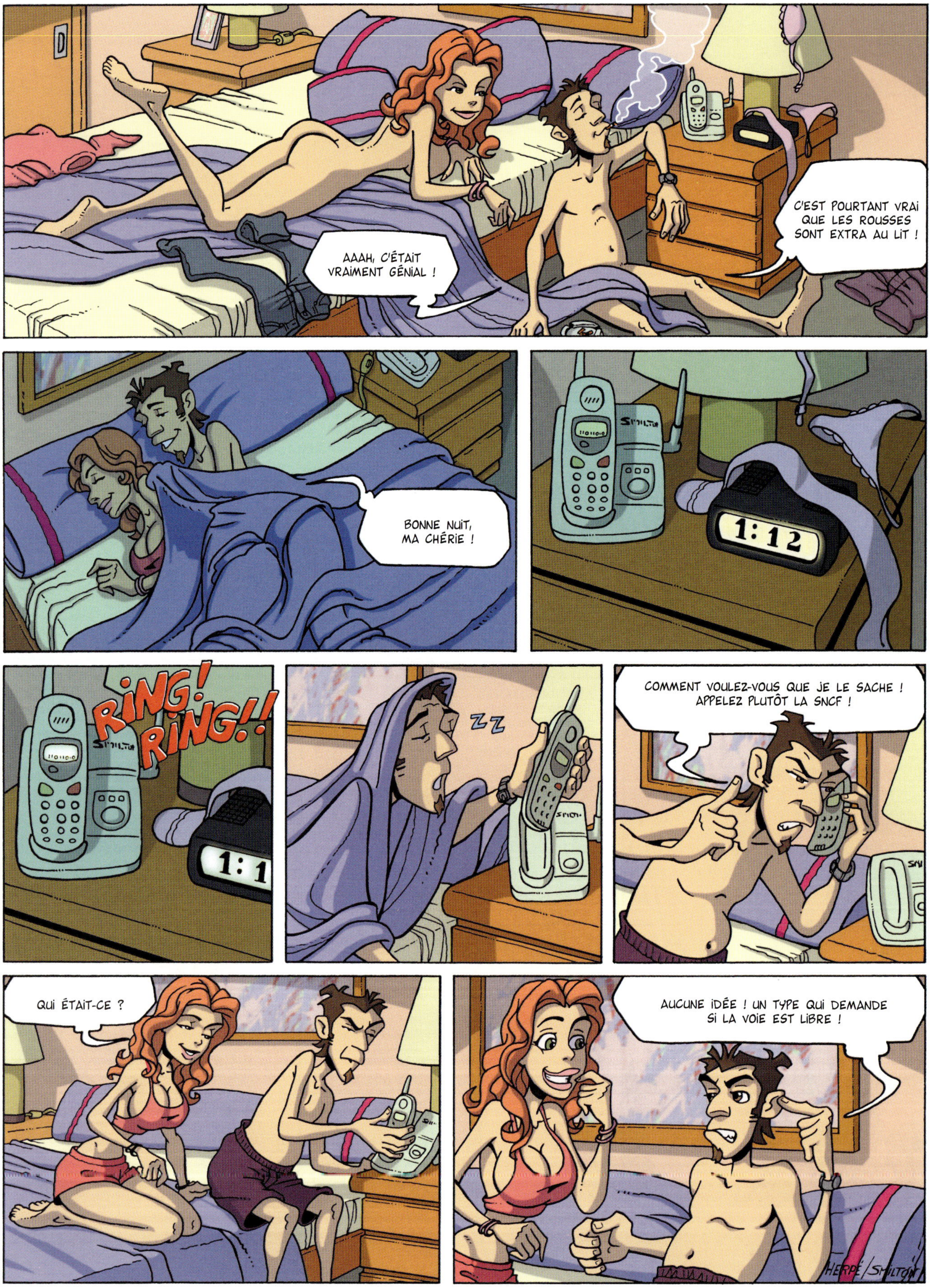
AAAH, C'ÉTAIT VRAIMENT GÉNIAL !
C'EST POURTANT VRAI QUE LES ROUSSES SONT EXTRA AU LIT !
BONNE NUIT, MA CHÉRIE !
1:12
RING! RING!!
ZZ
COMMENT VOULEZ-VOUS QUE JE LE SACHE ! APPELEZ PLUTÔT LA SNCF !
QUI ÉTAIT-CE ?
AUCUNE IDÉE ! UN TYPE QUI DEMANDE SI LA VOIE EST LIBRE !
HERPÉ/SMILTON

Gym tonique

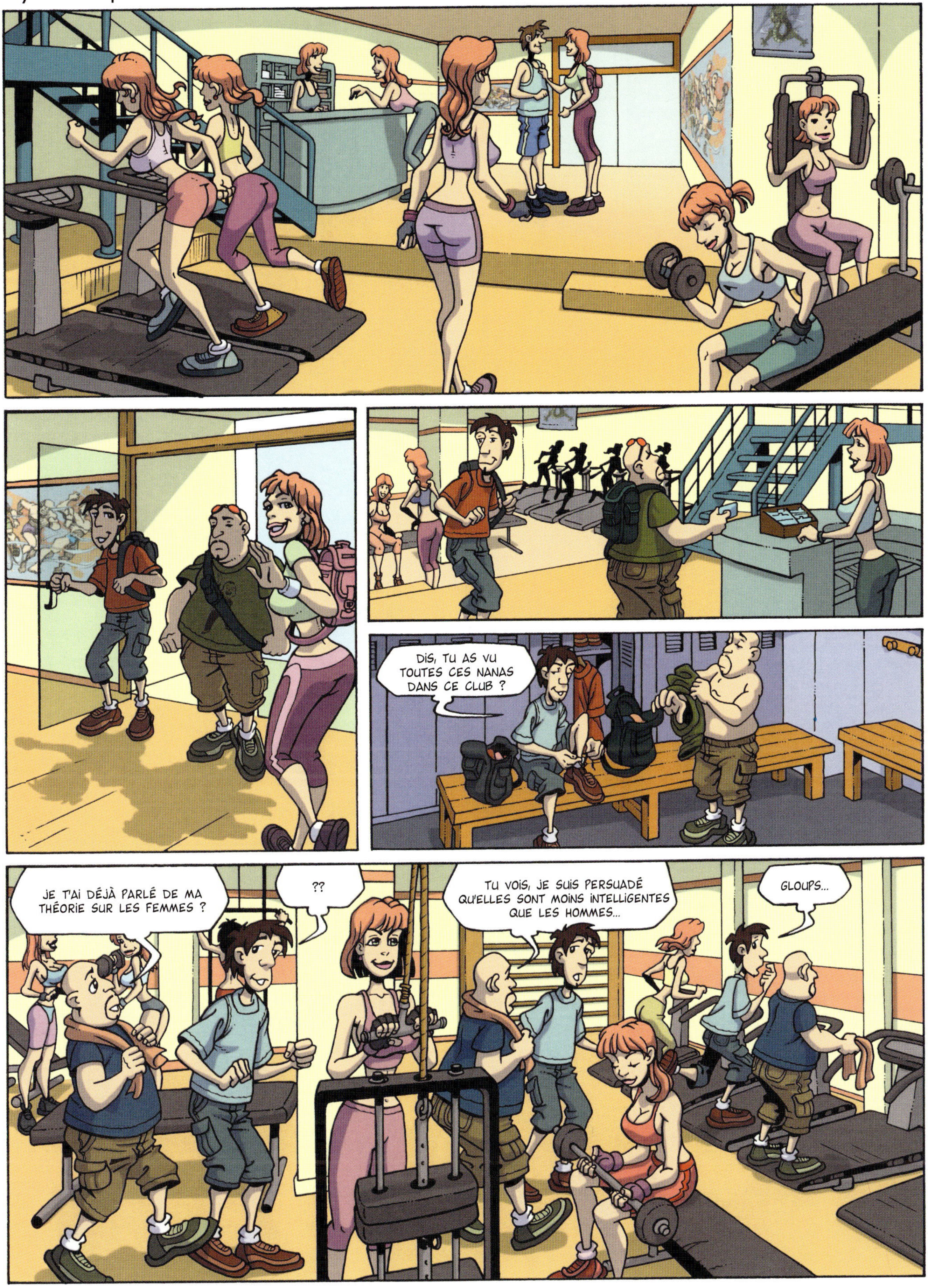
DIS, TU AS VU TOUTES CES NANAS DANS CE CLUB ?
JE T'AI DÉJÀ PARLÉ DE MA THÉORIE SUR LES FEMMES ?
??
TU VOIS, JE SUIS PERSUADÉ QU'ELLES SONT MOINS INTELLIGENTES QUE LES HOMMES...
GLOUPS...

TU VOIS, JE SUIS CONVAINCU QUE C'EST INSCRIT DANS LEURS GÈNES... ELLES N'Y PEUVENT RIEN C'EST COMME ÇA ! LES FEMMES ONT MOINS DE CAPACITÉS INTELLECTUELLES QUE NOUS, C'EST TOUT !
D'AILLEURS, JE VAIS TE RACONTER UNE BONNE BLAGUE SUR LES ROUSSES !
DIS DONC, TOI ! MES COPINES ET MOI, ON T'A ENTENDU CAUSER !
ELLE, C'EST GRETA, 10 ANS DE MUSCULATION 98 KG DE MUSCLES !
ELLE, C'EST ADRIENNE, 95 KG, TRIPLE CHAMPIONNE DE BODY-SCULPT !
ALORS, TU VEUX NOUS LA RACONTER TA BLAGUE SUR LES ROUSSES ?
OH, NON...
¡PLOP!
JE N'AI PAS ENVIE DE LA RÉPÉTER 3 FOIS !
HERPÉ/SMILTON

2 sports en 1

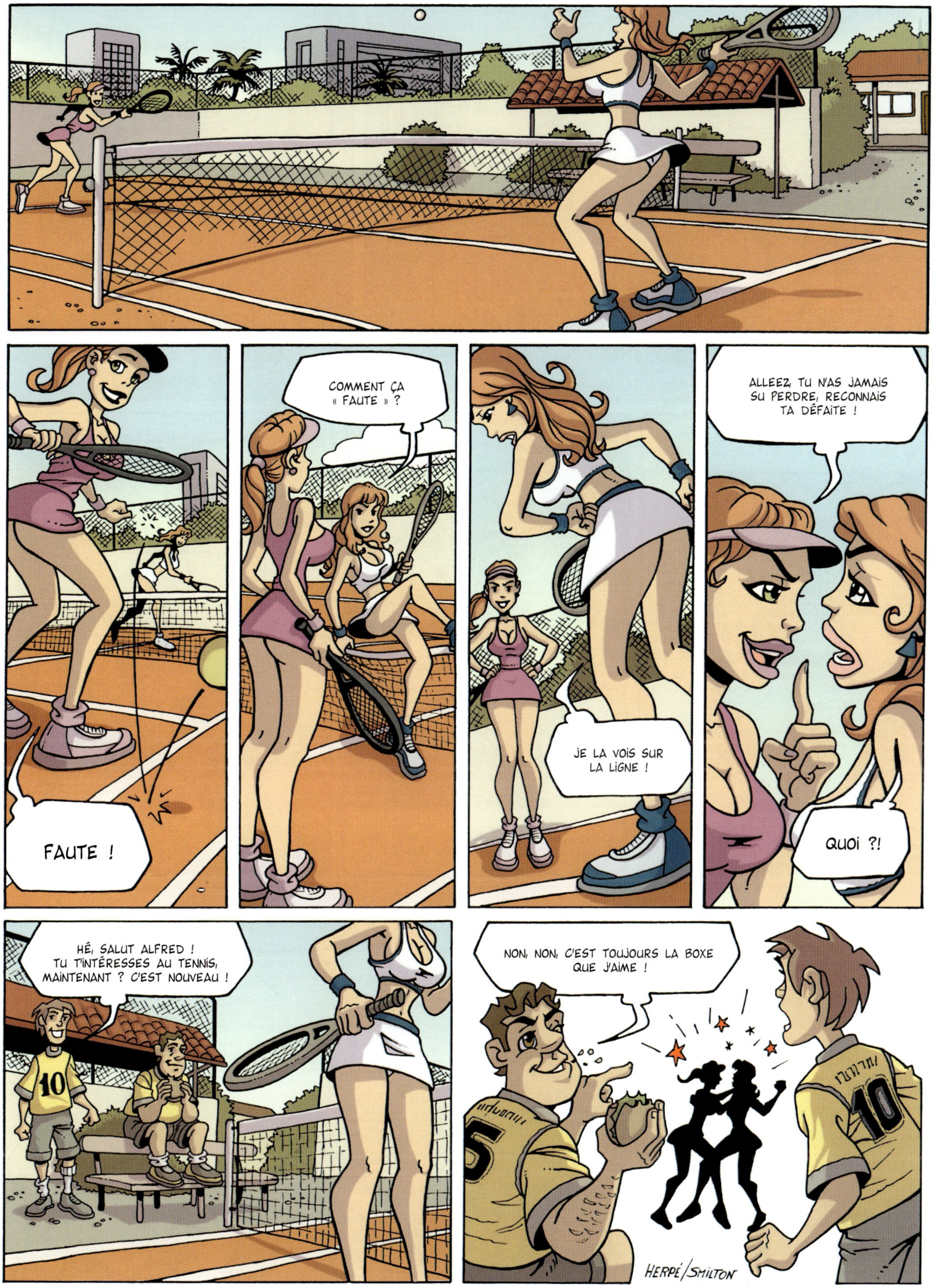
FAUTE !
COMMENT ÇA « FAUTE » ?
JE LA VOIS SUR LA LIGNE !
ALLEEZ, TU N'AS JAMAIS SU PERDRE, RECONNAIS TA DÉFAITE !
QUOI ?!
HÉ, SALUT ALFRED ! TU T'INTÉRESSES AU TENNIS, MAINTENANT ? C'EST NOUVEAU !
NON, NON, C'EST TOUJOURS LA BOXE QUE J'AIME !
HERPÉ/SMILTON

C'est logique

ALORS, COMMENT S'EST PASSÉE TA PREMIÈRE JOURNÉE DE CONSULTATIONS ?
TRÈS BIEN, PROFESSEUR !
J'AI D'ABORD REÇU UN PATIENT QUI AVAIT UNE MIGRAINE ET JE LUI AI PRESCRIT DE L'ASPIRINE.
UNE VIEILLE DAME AVAIT MAL À L'ESTOMAC ET JE LUI AI PRESCRIT DU MAALOX.
ENFIN, UNE ROUSSE A DÉBOULÉ DANS LE CABINET !
VITE, DOCTEUR, AIDEZ-MOI, ÇA FAIT 5 MOIS QUE JE N'AI PLUS VU UN HOMME !
AAAAH, CES ROUSSES ! COMME JE VOUS ENVIE ! ET QU'AVEZ-VOUS FAIT ?
JE LUI AI PRESCRIT DES GOUTTES POUR LES YEUX !
HERPÉ/SMILTON

Épitaphe… et puis paf !

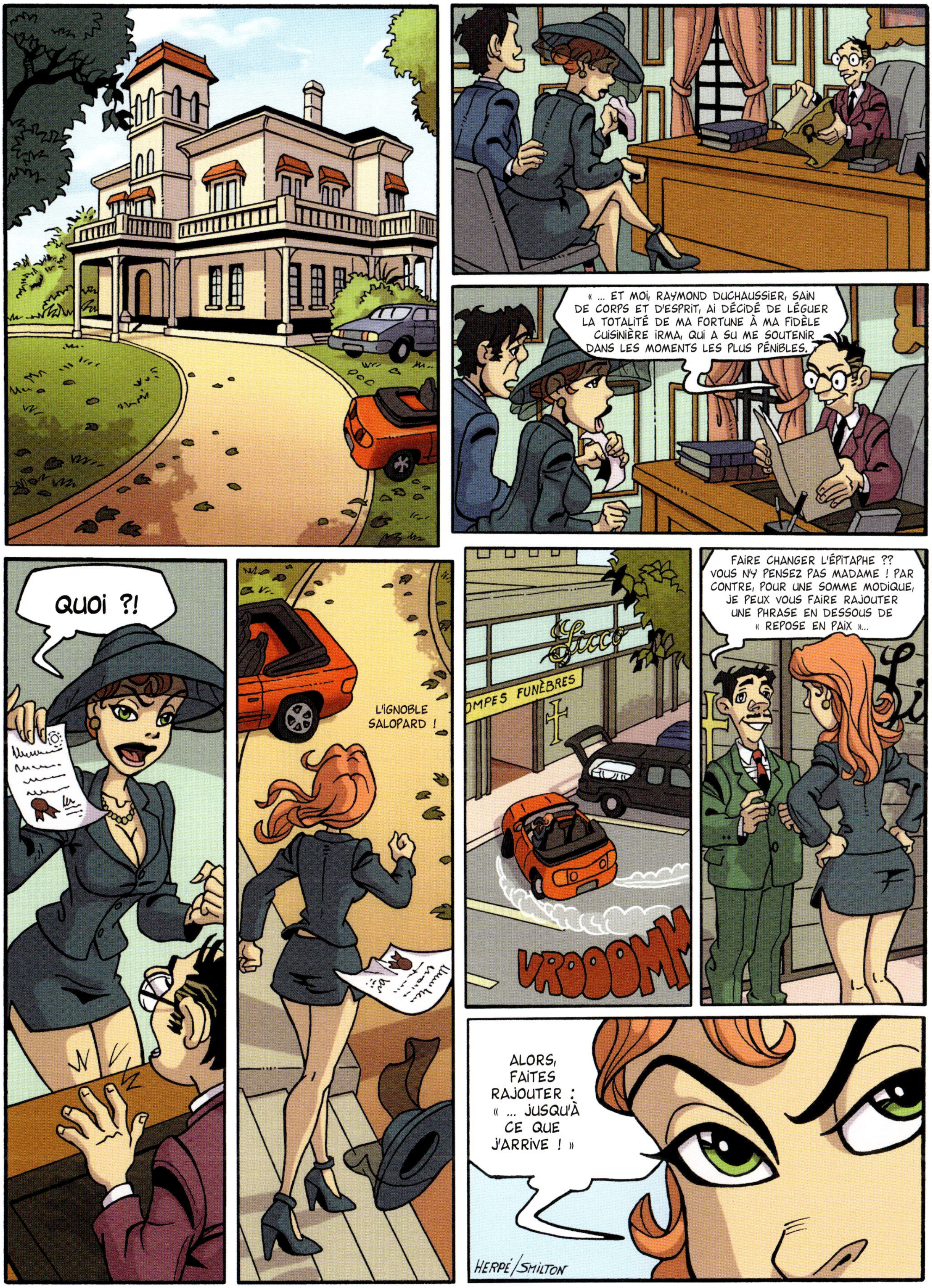
« … ET MOI, RAYMOND DUCHAUSSIER, SAIN DE CORPS ET D'ESPRIT, AI DÉCIDÉ DE LÉGUER LA TOTALITÉ DE MA FORTUNE À MA FIDÈLE CUISINIÈRE IRMA, QUI A SU ME SOUTENIR DANS LES MOMENTS LES PLUS PÉNIBLES. »
QUOI ?!
L'IGNOBLE SALOPARD !
VROOOMM
FAIRE CHANGER L'ÉPITAPHE ?? VOUS N'Y PENSEZ PAS MADAME ! PAR CONTRE, POUR UNE SOMME MODIQUE, JE PEUX VOUS FAIRE RAJOUTER UNE PHRASE EN DESSOUS DE « REPOSE EN PAIX »…
ALORS, FAITES RAJOUTER : « … JUSQU'À CE QUE J'ARRIVE ! »
HERPÉ/SMILTON

Radio-vérité

BIENVENUE DANS NOTRE ÉMISSION « PSYCHO » CONSACRÉE AUJOURD'HUI AUX ROUSSES !
ET NOUS AVONS UNE PREMIÈRE AUDITRICE EN LIGNE ! BONJOUR MADAME !
OUI, BONJOUR ! JE VOUS APPELLE PARCE QU'ON DIT QUE LES ROUSSES SONT D'HABITUDE COLÉRIQUES, INTELLIGENTES ET SEXY !
AH, C'EST EXACT MADAME ! ON PARLE DE LA « K.I.S » ATTITUDE POUR UNE ROUSSE...
EH BIEN, PERMETTEZ-MOI DE VOUS DIRE QUE JE TROUVE CELA CARICATURAL ET DÉPLACÉ. LES ROUSSES NE SONT PAS TOUTES DÉCRITES PAR CE CLICHÉ DIGNE D'UN AUTRE ÂGE !
C'EST UNE BELLE LEÇON QUE VOUS NOUS DONNEZ LÀ, MADAME ET JE VOUS FÉLICITE POUR VOTRE OUVERTURE D'ESPRIT !
MAIS POURQUOI LEUR AS-TU DIT ÇA, CHÉRIE ?
PARCE QUE J'AI HORREUR DES PRÉJUGÉS !
HERPÉ/SMILTON

Texte accrocheur

BODY ONE
BOD
BONJOUR ! JE VOUDRAIS FAIRE BRODER UNE PHRASE SUR MA CULOTTE...
JUSTE ICI !
EUH... GLOUPS... JE VOIS... ET QUE... QUE... VOULEZ-VOUS... FAIRE BRODER ?
SI VOUS POUVEZ LIRE CECI C'EST QUE VOUS ÊTES TROP PRÈS !
AH ?... TRÈS BIEN... QUELLE TAILLE DE CARACTÈRES SOUHAITEZ-VOUS ? MAJUSCULE ? MINUSCULE ?
MAIS NON, VOYONS...
EN BRAILLE BIEN SÛR !
HERPÉ/SMILTON

Conseils anti-drague

ET POUR VOUS, MESDAMES, MESDEMOISELLES, VOICI QUELQUES RÉPLIQUES DONT SEULES LES ROUSSES ONT LE SECRET POUR ÉVITER LES PLANS « DRAGUE » !
M'ACCORDERIEZ-VOUS LE PLAISIR DE CETTE DANSE ?
NON MERCI, J'AIMERAIS AVOIR DU PLAISIR AUSSI !
JE CROIS QUE JE POURRAI VOUS RENDRE TRÈS HEUREUSE !
POURQUOI, VOUS ALLEZ PARTIR ?
QUE RÉPONDRIEZ-VOUS SI JE VOUS DEMANDAIS DE M'ÉPOUSER ?
RIEN. JE NE PEUX PAS RIRE ET PARLER EN MÊME TEMPS !
COMMENT AIMEZ-VOUS VOS ŒUFS LE MATIN ?
NON FÉCONDÉS.
COMMENT AVEZ-VOUS FAIT POUR ÊTRE SI BELLE ?
ON A DÛ ME DONNER VOTRE PART !
ET ENFIN CETTE DERNIÈRE QUI EST TRÈS BELLE ÉGALEMENT...
CROYEZ-VOUS QUE C'EST LE DESTIN QUI NOUS A FAIT NOUS RENCONTRER ?
NON, JUSTE LA MALCHANCE !
HERPÉ/SMILTON

L'habitude

CALME-TOI, CHÉRIE, LE MÉDECIN NE VA PAS TARDER !
RAAAAHHHH !
J'AI FAIT AUSSI VITE QUE JE POUVAIS ! VITE, OÙ EST-ELLE ?
RAAHHH !
RAAHHH !
C'EST TRÈS GRAVE ! MAIS, DITES-MOI, IL Y A LONGTEMPS QU'ELLE RÂLE COMME ÇA ?
OH VOUS SAVEZ, C'EST UNE ROUSSE !
RAAAHH !
ET ALORS ?
ELLE RÂLE DEPUIS QU'ON EST MARIÉ !
HERPÉ/SMILTON

Vérification sur le terrain !

@#X@ !!!
@#X@ !!!
DE TOUTE FAÇON, T'ES MÊME PAS BONNE AU LIT !!
BLAAM!!
J'AI ÉTÉ UN PEU DUR AVEC ELLE...
JE VAIS LA RAPPELER POUR M'EXCUSER.
AH, ENFIN ! TU EN AS MIS DU TEMPS POUR RÉPONDRE !
J'ÉTAIS AU LIT !
QUE FAIS-TU AU LIT SI TÔT ?
JE VOULAIS UNE DEUXIÈME OPINION !
HERPÉ/SMILTON

Six ça suffit !

ET MOI, LES GARS, J'AI 6 ENFANTS !
SIX ?! WOUAOUW ! BEN MON VIEUX, T'ES UN CHEF, TOI !
OUAIP, JE NE VOUS LE FAIS PAS DIRE !
D'AILLEURS J'APPELLE MA FEMME « MÈRE DE SIX ! »
N'EST-CE PAS, « MÈRE DE SIX » ?
TU VEUX BIEN M'APPORTER UN VERRE, « MÈRE DE SIX » ?
ON S'EN VA « MÈRE DE SIX » ?
JE SUIS PRÊTE, « PÈRE DE QUATRE » !
HERPÉ/SMILTON

Les règlements… de compte !

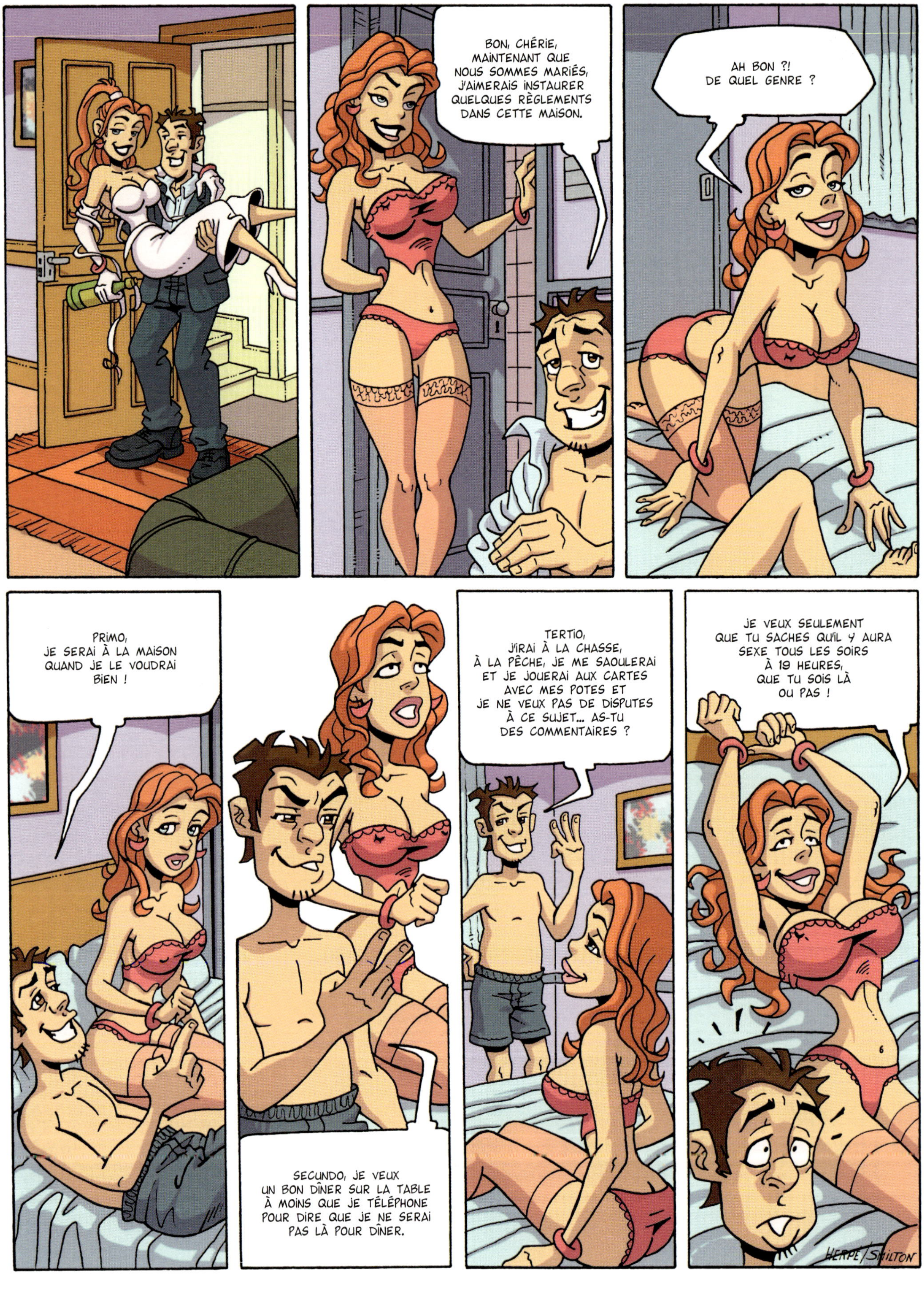
BON, CHÉRIE, MAINTENANT QUE NOUS SOMMES MARIÉS, J'AIMERAIS INSTAURER QUELQUES RÈGLEMENTS DANS CETTE MAISON.
AH BON ?! DE QUEL GENRE ?
PRIMO, JE SERAI À LA MAISON QUAND JE LE VOUDRAI BIEN !
SECUNDO, JE VEUX UN BON DÎNER SUR LA TABLE À MOINS QUE JE TÉLÉPHONE POUR DIRE QUE JE NE SERAI PAS LÀ POUR DÎNER.
TERTIO, J'IRAI À LA CHASSE, À LA PÊCHE, JE ME SAOULERAI ET JE JOUERAI AUX CARTES AVEC MES POTES ET JE NE VEUX PAS DE DISPUTES À CE SUJET... AS-TU DES COMMENTAIRES ?
JE VEUX SEULEMENT QUE TU SACHES QU'IL Y AURA SEXE TOUS LES SOIRS À 19 HEURES, QUE TU SOIS LÀ OU PAS !

Foot rusé

ROUSSES
BLAAM!!
ROUSSES
C'EST BON LES GARS, VOUS POUVEZ RAPPLIQUER !
JE NE SAIS PAS COMMENT TU AS FAIT MAIS CHAPEAU !
FAITES-MOI PENSER À REMERCIER LES AUTEURS DES « ROUSSES » !
PEPERONI
HERDÉ/SMILTON

Happy end

AU MOYEN-AGE, LES ROUSSES ÉTAIENT SOUVENT CONSIDÉRÉES COMME DES SORCIÈRES...
... ENSORCELANT PLUTÔT LES CŒURS QUE LES ÂMES... ET, EN FIN DE COMPTE...
... ÇA SE TERMINAIT TOUJOURS DE LA MÊME FAÇON.
DE NOS JOURS, RIEN N'A CHANGÉ...
MAIS HEUREUSEMENT...
LES CHOSES FINISSENT AUTREMENT !
HERPEY/SMILTON